उड़ान
सपनों से विश्वास तक

लेखिका. प्रेरणा संगीता रमाकांत कुलथे

AF722127

हाक प्रुष्ठी (Copyright Page)

पुस्तक का नामः
उड़ान :
सपनों से विश्वास तक
लेखिकाः प्रेरणा संगीता रमाकांत कुलथे
प्रकाशन वर्षः 2025
स्थानः गेवराई, जिल्हा बीड

© लेखिका.प्रेरणा संगीता रमाकांत कुलथे, 2025. सर्वाधिकार सुरक्षित।
इस पुस्तक का कोई भी भाग, लेखिका की पूर्व अनुमति के बिना, किसी भी रूप में (मुद्रण, इलेक्ट्रॉनिक, फोटोकॉपी, ऑडियो या वीडियो) पुनः प्रस्तुत या प्रसारित नहीं किया जा सकता।

यह कृति लेखिका प्रेरणा रमाकांत कुलथे की मौलिक रचना है। इसमें वर्णित सभी पात्र, घटनाएँ और प्रसंग सृजनात्मक हैं। किसी भी जीवित अथवा मृत व्यक्ति, स्थान या परिस्थिति से कोई भी समानता मात्र संयोग है।

प्रस्तावना

हर स्वप्न तभी पूरा होता है जब उस पर विश्वास किया जाए। यह किताब मेरी नहीं, हर उस बेटी की आवाज़ है जिसने कभी अपने सपनों को चुपचाप तकिए के नीचे छुपा दिया था।

मैंने कलम केवल शब्दों के लिए नहीं उठाई –
मैंने इसे उन खामोश दिलों के लिए उठाया है
जो बोलना चाहते थे पर कभी बोल नहीं पाए।
यह पुस्तक उन सभी के लिए है जो मानते हैं कि
बेटियाँ बोझ नहीं, भविष्य की नींव हैं।
यह उन माता-पिताओं के लिए है जो अपनी
बेटियों को उड़ान देने का साहस करते हैं।
और यह उन बेटियों के लिए है जो आज भी
खुद से पूछती हैं – "क्या मैं उड़ सकती हूँ?"

हाँ, तुम उड़ सकती हो।
क्योंकि उड़ान किसी की इजाज़त से नहीं,
विश्वास

से मिलती है।

मेरा विश्वास है –
अगर इस किताब का एक भी पन्ना किसी
लड़की के आत्मबल को जगा दे,
अगर एक भी पिता अपनी बेटी की आँखों में
चमक देखकर कह दे "जा, उड़",
तो मेरी लेखनी का उद्देश्य पूरा हो जाएगा।

यह किताब कोई अंत नहीं, एक शुरुआत है –
बदलाव की, आत्मविश्वास की, और उस उड़ान
की जो हर बेटी का जन्मसिद्ध अधिकार है।

●●●

मनोगत

जब मैंने "उड़ान" लिखना शुरू किया था, तब यह केवल शब्दों की यात्रा नहीं थी, बल्कि मेरे अपने मन की पुकार थी। हर पंक्ति लिखते समय मुझे उन अनगिनत बेटियों की आँखें दिखाई दीं, जिनके सपने समाज की दीवारों में कहीं खो गए थे। यह पुस्तक मेरी नहीं, हर उस लड़की की आवाज़ है जो चुप रही, दबाई गई, पर भीतर से उड़ना चाहती थी।

लेखन मेरे लिए केवल अभिव्यक्ति का माध्यम नहीं रहा, यह मेरे जीवन का संकल्प है। मैंने कलम इसलिए उठाई क्योंकि मैं चाहती हूँ कि हर माँ अपने भीतर वह साहस देखे, जो अपनी बेटी के पंखों को काटने के बजाय और मज़बूत करे। हर पिता अपनी आँखों में वह चमक देखे, जब उसकी बेटी कहे — "मैं कर सकती हूँ।"

इस पुस्तक की हर घटना, हर कविता और हर संवाद लिखते हुए मुझे यह अहसास हुआ कि बदलाव की शुरुआत बहुत छोटी जगह से होती है — घर से, माँ की दुआओं से, पिता की मौन सहमति से, और उस बेटी के पहले सपने से जो आकाश को देखती है।

आप सभी पाठकों से मेरा एक ही आग्रह है कि इस पुस्तक को केवल कहानी की तरह ही पढ़ें, इसे जीवन की सच्चाई और समाज की पुकार की तरह महसूस करें। क्योंकि जब एक बेटी उड़ती है, तब पूरा समाज आकाश छूता है।

लेखिका.प्रेरणा संगीता रमाकांत कुलथे

•••

Write a note...

अनुक्रमणिका

१.जन्म नहीं जीवन है

एक छोटे से गाँव में सुबह की शांति थी, और
वह कोई साधारण सुबह नहीं थी।
सुमित्रा प्रसव पीड़ा से गुजर रही थी।

"लड़का हुआ या लड़की?"
दाई की आवाज़ में हल्का सा ठहराव था।

सुमित्रा ने थकी हुई मगर मुस्कुराती आवाज़ में
कहा—
"बेटी हुई है... बेटी नहीं, यह तो विश्वास का
नया जीवन है।"

वह कोई साधारण बच्ची नहीं थी। उसके चेहरे
पर अलौकिक तेज झलक रहा था—
गाँव का इतिहास बदल देने वाला तेज।
हर लड़की को उड़ान का सपना देने वाली बेटी
नेहा।

लेकिन घर के बाहर खड़े लोगों के चेहरों पर
अनकहा अफसोस था।
तभी किसी ने कहा—

"कोई बात नहीं, अगली बार बेटा होगा।"
पर माँ ने बेटी को सीने से लगाकर मुस्कुराया,
और पिता मनोहरलाल ने भी हँसने की कोशिश
की,
हालाँकि उनके भीतर समाज की आवाज़ें गूंज
रही थीं—
"बेटी पराया धन होती है।"
"बेटी बोझ होती है।"
पर क्या सच में?
नेहा का जन्म जैसे उस घर की किस्मत में एक
नई सुबह लेकर आया।
उसकी आँखों में आकाश था और पैरों में ज़मीन।
जब वह खेलती-दौड़ती, तो धूल नहीं, सपने
उड़ते।
जब वह किताबों से बातें करती, तो उनमें अपना
भविष्य पढ़ती।
वह अक्सर छत पर बैठकर आसमान को
निहारती रहती।
एक दिन माँ ने पूछा—
"क्या देखती हो आसमान में?"
नेहा ने कहा—
"सोचती हूँ माँ... क्या मैं भी परिंदों की तरह उड़
सकती हूँ?"

यह सुनकर माँ का दिल काँप गया।
उन्हें पता था कि समाज की दीवारें बहुत ऊँची हैं।
लेकिन उसी पल उन्होंने मन-ही-मन एक वादा किया
"मेरी बेटी के पंख कभी नहीं काटे जाएँगे।"

यहीं से शुरू हुई उड़ान की कहानी।
एक साधारण गाँव की बेटी की असाधारण यात्रा।

अब नेहा सिर्फ घर की बेटी नहीं थी,
वह एक नई सोच की पहली किरण बन रही थी।

एक दिन दादी ने तंज किया—
"लड़की होकर इतना सोचती है?"

माँ ने मुस्कुराकर कहा—
"सोच ही तो उड़ान की पहली सीढ़ी है।"

नेहा ने यह सब चुपचाप सुना और अपने मन में ठान लिया—
"मैं वो बेटी बनूँगी जिसे देखकर समाज अपनी सोच बदलने लगे।"

और इसी संकल्प के साथ नेहा की उड़ान शुरू हुई।

•••

2. सपनों की सीढ़ियाँ .

रात के तीसरे पहर तक नेहा जाग रही थी।
चुपचाप अपनी किताबों के पन्नों पर नज़रें गड़ाए बैठी थी, लेकिन
उसका मन कहीं और उड़ रहा था।

कमरे की खिड़की से झाँकता चाँद जैसे पूछ रहा हो—
"क्या आज भी नींद नहीं आई?"

दरवाज़े के बाहर दबे पाँव आहट हुई।
माँ थी। धीरे से बोलीं—
"सोई नहीं अभी तक?"

नेहा ने चुपचाप गर्दन झुका ली।
फिर धीरे से पूछा—
"माँ... क्या मैं बहुत ऊँचा सपना देख सकती हूँ?"

माँ चौंकीं, पर मुस्कुराई नहीं।
धीमे स्वर में बोलीं—
"बेटी, सपना देखना आसान नहीं होता।
जो सपना ऊँचाई पर होता है, उसका रास्ता डर और तानों से भरा होता है।

लेकिन... देख सकती हो।
और अगर देखोगी, तो मैं तेरे साथ चलूँगी... हर काँटे पर, नंगे पाँव।"

अगले दिन स्कूल से लौटकर नेहा ने पिता से पूछा—
"पापा, मैं भी आसमान छूना चाहती हूँ।"

मनोहरलाल मुस्कराए और बोले—
"अच्छा, सीखोगी तो रिश्ता भी अच्छा आएगा।"

यह सुनकर नेहा कमरे में भाग गई।
मन-ही-मन उसने ठान लिया—
"ये सपनों का डर है। हकीकत में तो मैं इससे लड़ सकती हूँ।"

उसने अपनी दीवार पर एक कागज़ चिपकाया।
उस पर लिखा था—

"मैं बेटी हूँ।
मुझे रोका जाएगा, टोका जाएगा...
मगर मैं उड़ूँगी,
क्योंकि मेरी उड़ान किसी की इजाज़त की

मोहताज नहीं।"

अगले दिन स्कूल में सहेली सुषमा ने कहा—
"तू पागल है नेहा!
दिल्ली जाकर पढ़ाई करेगी?
लड़कों के बीच पढ़ेगी तू?
लोग क्या कहेंगे?"

नेहा बस हँस दी।
लेकिन उस हँसी के पीछे एक छिपा डर था—
कहीं वह हार न जाए।

शाम को पिता कमरे में आए।
हाथ में एक चिट्ठी थी।
धीरे से बोले—
"कॉलेज का पत्र आया है... दाखिले की तारीख
अगले हफ़्ते की है।
पर सोच ले नेहा, यह दुनिया लड़कियों को उनके
सपनों से बड़ा नहीं होने देती।
तू बेटी है..."

नेहा की आँखों में आँसू छलक आए,
लेकिन उसने कुछ कहा नहीं।

उस रात, जब सब सो रहे थे,

वह छत पर अकेली खड़ी थी।अचानक बिजली कड़की।
तेज़ हवा चली।
उसकी आँखों के सामने घूम गया पूरा जीवन—
गाँव के ताने, माँ की ममता, पिता का डर,
और दिल्ली का बुलावा।

उसने धीरे से आँखें बंद कीं और बुदबुदाई—
“अगर मुझे थोड़ी उड़ान भरने दो...
तो देखना, एक लड़की कितना कुछ कर सकती है।”

तभी किसी ने उसके काँधों पर शॉल डाल दी।
माँ थीं।
माँ ने धीमे से कहा—
“उड़ान डर से नहीं, आत्मबल से भरी जाती है।
कल सुबह तेरी ट्रेन है...
चल, सपना पूरा करने चलते हैं।”

नेहा माँ के सीने से लग गई।
उसके भीतर डर और उत्साह की आँधी चल रही थी।
लेकिन अब उसने तय कर लिया था—

“पीछे मुड़ना नहीं है...”

•••

३. बेटियों के बीच पंख

गाँव की सुबह हमेशा एक-सी लगती थी—मुर्गे की बाँग, मंदिर की घंटियाँ और चूल्हे की सोंधी खुशबू।
लेकिन उस सुबह नेहा की आँखों में बेचैनी थी।

कल की ट्रेन का टिकट माँ ने तकिए के नीचे रख दिया था।
मगर पिता अब तक कुछ बोले नहीं थे।

नेहा आँगन में चुपचाप बैठी थी।
उसकी हथेली में एक छोटी-सी लकड़ी की चिड़िया थी,
जो बचपन में पिता ने उसे दी थी।
उस पर एक शब्द खुदा था— "पंख"।

चिड़िया को देखते-देखते नेहा के मन में शब्द फूटे

"मैं कोई बोझ नहीं,
ना ही कोई रुकावट हूँ।
मैं तो एक उम्मीद हूँ,
जो हर आँसू में मुस्कान खोजती हूँ।

मुझे मत तोलो बेटे की तराजू में,
मैं खुद अपना बोझ उठाती हूँ।
मैं माँ की हिम्मत और
पिता के सपनों की उड़ान बन जाती हूँ।"

अचानक आँगन में शोर हुआ।
दादी किसी औरत से कह रही थीं—
"अरे, लड़की को बाहर भेज रहे हो पढ़ने?
अब कौन ब्याहेगा इसे?
कल को भाग गई तो नाम कौन संभालेगा?"

नेहा की मुट्ठी कस गई।
माँ किचन से बाहर आईं।
उनकी आँखों में भी वही सवाल था,
लेकिन जब नजरें नेहा से मिलीं, तो वो चुप हो गईं।

नेहा का दिल धधकते अंगारे की तरह धड़क रहा था।

उसी शाम, पिता ने खाना खाते समय कहा—
"कल की ट्रेन में बैठने से पहले सोच लेना...
यह सफर आसान नहीं होगा।

तुम बेटी हो, यह समाज, यह दुनिया
तुम्हारी हर चाल को परखती है।”

नेहा चुप रही।

पिता ने फिर कहा—
“हमारे समाज में बेटी को चुप रहना सिखाया जाता है।
उड़ने की नहीं, सहने की आदत डालनी होती है।”

नेहा की आँखों में आँसू आ गए।
वह धीरे से उठी और बोली—
“पिता जी, जब आपने मुझे बचपन में वो चिड़िया दी थी,
तब कहा था—‘पंख ही जीवन है।’
आज जब मैंने वो पंख फैलाए हैं,
तो आप ही क्यों डर गए?”

पिता अवाक रह गए।

उस रात नेहा अपने कमरे में थी।
अचानक उसकी नींद टूट गई।

किसी ने खिड़की पर पत्थर फेंका था।
डरते-डरते उसने बाहर झाँका।

एक कागज़ फड़फड़ा रहा था।
उस पर लिखा था—
"नेहा, अगर तू बाहर जाएगी,
तो तेरा नाम भी मिटा देंगे।
मत उड़ लड़की है, पिंजरे में रहो।"

उसका दिल धड़क उठा।
हाथ काँपने लगे।

मगर तभी माँ कमरे में आईं।
बिना कुछ कहे उन्होंने नेहा के काँपते हाथ थाम लिए।
धीरे से बोलीं—
"कभी-कभी डर सामने से नहीं आता,
छुपकर वार करता है।
पर बेटी, तू चिड़िया नहीं तू तूफान है।"

और तभी नेहा की आत्मा ने भीतर से उसे पुकारा
-

"अगर तुम्हें लगता है कि मेरी उड़ान
तुम्हारे मानदंडों से बड़ी है,
तो मुझे दोष मत दो।
मेरे पंख तुम्हारे डर से नहीं बने हैं।

मैं बेटी हूँ—पर झुकी हुई नहीं।
मैं चुप हूँ—पर कमजोर नहीं।
मैं आज निकल रही हूँ उस रास्ते पर,
जिस पर कल मेरी जैसी हजारों लड़कियाँ
चलेंगी।"

नेहा ने धीरे-धीरे अपनी किताबें समेटीं।
टिकट हाथ में लिया और माँ की हथेली थाम
ली।

वह अब भी बेटी थी,
पर अब वह पंखों में बदल रही थी।

•••

४ .माँ की हथेलियों में आकाश

गाँव में सर्दी की हल्की धूप थी।
आँगन में तुलसी के पास बैठी माँ चुपचाप नेहा को देख रही थीं।
वह किताबों में उलझी अपने भीतर किसी तूफान को थामे बैठी थी।

नेहा ने अचानक कहा—
"दिल्ली की यूनिवर्सिटी से कॉल आया है माँ मेरा दाखिला हो गया।"

उसकी आवाज़ में खुशी भी थी और डर भी।

माँ का चेहरा कुछ देर शांत रहा।
फिर उन्होंने कहा—
"बधाई हो बेटी अब तू सिर्फ मेरी नहीं, अपने सपनों की भी हो गई है।"

माँ जानती थीं कि इस खबर के साथ ही एक जंग शुरू होगी—
समाज की, परंपराओं की और सबसे बढ़कर पिता की सोच की।

उस रात नेहा के कमरे में सन्नाटा था।
वह खुद से लड़ रही थी—
एक ओर उसका सपना था, और दूसरी ओर घर की चार दीवारें।

तभी माँ धीरे से कमरे में आईं और उसके पास बैठ गईं।
उन्होंने कहा—
"तेरे उड़ने से डर तो है... पर तुझे ज़मीन से बाँधने का हक मुझे नहीं।"

नेहा ने धीमे स्वर में कहा—
"पापा को समझाना मुश्किल होगा।"

माँ मुस्कुराईं—
"अगर तुझमें उड़ने का साहस है,
तो मुझमें तेरे लिए लड़ने की ताकत है।"

अगली सुबह माँ ने पिता से कहा—
"अगर हमारी बेटी के पास सपने हैं,
तो उसे उड़ने का हक भी मिलना चाहिए।"

पिता कुछ देर शांत रहे।
फिर बोले—
"अगर उसे भेजा, तो दुनिया क्या कहेगी?"

माँ का स्वर इस बार कठोर था—
“दुनिया की सोच से किसी बेटी की उड़ान छोटी नहीं हो सकती।”

उसी शाम, नेहा छत पर बैठी थी।
माँ उसके पास आईं और हाथ में एक सफेद रुमाल थमा दिया।
उस पर कढ़ाई की हुई थी—

“जहाँ डर लगे, वहाँ समझना माँ तेरे साथ है।”

नेहा की आँखें भर आईं।
उसने पूछा—
“माँ... क्या मैं लौटकर आऊँगी तो सब वैसा ही रहेगा?”

माँ मुस्कुराईं—
“नहीं बेटी... तू लौटेगी तो दुनिया बदली होगी।
बेटियाँ पहले भी थीं,
मगर अब वे पंखों में बदल रही होंगी।”

अंततः पिता ने भारी मन से कहा—
“जा... लेकिन ध्यान रखना,
हर ऊँचाई अकेली होती है।”

•••

५.शहर के पहले कदम

सुबह की हवा कुछ अलग थी।
वही आँगन... वही तुलसी का चौरा... वही नीम की छाँव...
पर आज सब कुछ जैसे मौन था।

चिड़ियाँ भी फुसफुसाकर बोल रही थीं, शायद माँ को चुप देखकर वे भी उदास थीं।

नेहा की आँखों में थोड़ा उत्साह था, थोड़ा डर।
बैग भर गया था—कपड़े, किताबें, काग़ज़—
लेकिन दिल अभी तक खाली था।

माँ ने नेहा की चोटी में आख़िरी बार हाथ फेरा।
धीरे से कहा—
“तेरे बिना यह आँगन खाली लगेगा...
लेकिन तेरे सपनों से बड़ा कुछ नहीं।”

बेटी को विदा करना शादी से भी कठिन होता

है, क्योंकि यह विदाई किसी दस्तूर से नहीं,
उसके उड़ने की वजह से होती है।

बस दरवाज़े पर खड़ी थी। इंजन चालू था।
पिता थोड़ी दूर खड़े थे—मौन और सख़्त,
पर आँखें लाल थीं।

नेहा माँ से लिपट गई। धीमे स्वर में बोली—
"अगर मैं वहाँ हार गई, तो...?"

माँ ने मुस्कराकर कहा—
"तो वापस आना।
मैं तुझे फिर भेजूँगी—
और इस बार तेरे डर को मेरी दुआ से
बाँधकर।"

नेहा की आँखें भीग गईं। बस चली और माँ
की आँखें उसे तब तक
देखती रहीं जब तक वह धूल में गुम नहीं हो
गई।

बस की खिड़की से बाहर देखते हुए
नेहा गाँव को आख़िरी बार देख रही थी—
मंदिर की घंटी, स्कूल की दीवार, खेत, कुएँ...
सब पीछे छूट रहे थे।

नेहा ने डायरी खोली। उसमें माँ की लिखी पहली पंक्ति थी—

"तेरा रास्ता लंबा है, पर तू अकेली नहीं है। मैं हर उस हवा में हूँ,
जो तेरे पंखों को ऊपर उठाएगी।"

दिल्ली की पहली साँझ...
जहाँ शहर एक नई किताब की तरह खुला।
दिल्ली की हवा में गाँव जैसी शांति नहीं थी।
यहाँ हर आवाज़ एक सवाल थी, हर चेहरा एक अनजान पन्ना।

कॉलेज का हॉस्टल—
पहला कमरा, चार दीवारें, एक ट्यूबलाइट, एक अजनबी रूममेट और अनजाना डर।

लेकिन उस कमरे में नेहा ने सबसे पहले दीवार
पर एक पंक्ति चिपकाई—

"मैं यहाँ खुद को खोने नहीं,
खुद को खोजने आई हूँ।"

रात को जब उसने माँ की डायरी खोली,
पहला पन्ना झलकता था—

"हर लड़की का सपना सिर्फ उसका नहीं होता,
वह माँ की दुआओं से जन्म लेता है।"

उस रात माँ की डायरी उसके पास ही थी।
उसने उसे सीने से
लगाया, जैसे माँ की गोद यहीं हो।

•••

६.अकेलापन और आत्मबल

शाम ढलते ही शहर की रोशनी जगमगाने लगती थी, लेकिन नेहा के भीतर अँधेरा और गहराने लगता था।

बाहर सड़कें गुलज़ार थीं, पर उसके कमरे की दीवारें खामोश।

हॉस्टल के कमरे में बैठी नेहा जब खिड़की से बाहर झाँकती,
तो हर भागती कार में उसे अपने गाँव की सड़कें याद आतीं। हर जगमगाते घर में माँ की रसोई दिखती, और हर चुप्पी में पिता की पुकार सुनाई देती।

शहर जितना बड़ा था, उतना ही अजनबी भी।

कभी-कभी वह खुद से पूछती—
"क्या सपना देखने की सज़ा, अकेलापन

होता है?" रात के सन्नाटे में वह अक्सर डर जाती, दीवार से सिर टिकाकर रो लेती। लेकिन फिर चुपचाप उठती, आँखें पोंछती और वही पुरानी डायरी खोलती।

माँ की लिखी कविता अब भी पन्नों पर थी—

"जब सन्नाटे बोले, तो चुप मत रहना,
तू अपनी साँसों में भरोसा रख।
बेटी, तू अंधेरे में भी रोशनी पैदा कर सकती है।"

इन पंक्तियों में जैसे माँ की गोद की गरमाहट बस गई थी।

नेहा ने महसूस किया—
अकेलापन केवल खालीपन नहीं होता, वह एक खामोशी होती है,
जो तुम्हें खुद से मिलवाती है।

और फिर उसने खुद से एक वादा किया—

“जब कोई साथ नहीं होगा,
मैं खुद की सबसे बड़ी ताक़त बनूँगी।”

उसने अपने कमरे में एक छोटा-सा कोना बना लिया। जहाँ एक दीपक जलता था, और माँ के नाम पर तुलसी का पत्ता रखा रहता।

कोई दोस्त नहीं था,
पर अब वह खुद से बातें करना सीख चुकी थी।

हर सुबह जब आईने में देखती, तो पहले वाली डरपोक नेहा नहीं,
एक लीडर नेहा सामने खड़ी होती।

वह खुद से कहती—
“हाँ, मैं अकेली हूँ।
लेकिन अब अकेलापन मेरी कमजोरी नहीं,
मेरी साधना है।”

कॉलेज में पहली बार उसकी कविता कॉलेज पत्रिका में छपी।
शीर्षक था—
"जो खामोश हैं, वे कमजोर नहीं होते।"

लोगों ने तारीफ़ की, प्रोफेसर ने सराहना की, पर नेहा के लिए यह केवल प्रशंसा नहीं थी। यह उसकी आत्मा की पुकार का जवाब था।

वह रात फिर आई, जब अकेलापन धीरे से कमरे में घुसा। लेकिन इस बार नेहा नहीं डरी।

उसने मोमबत्ती जलाई,
खिड़की खोली और डायरी में लिखा—

"मैं रोई थी कल रात,
पर आज मुस्कुराकर उठी हूँ।
मैं टूटी थी भीतर से,
पर आज खुद को जोड़कर निकली हूँ।

माँ ने कहा था—
'बेटियाँ काँच नहीं होतीं,
वो तो पत्थर पर भी दीप जला देती हैं।'

और मैंने...
अपने अँधेरे कमरे को रोशनी से भर दिया है।

उस रात नेहा ने अकेलेपन को जीत लिया।
उसने समझा—
जो लड़की अपने आँसुओं में डूबकर डरी नहीं,
वही दुनिया की सबसे बड़ी लहर बन सकती
है।

•••

७.शब्दों की ताकत

जब कोई आवाज़ नहीं सुनता, तब शब्द चुपचाप इतिहास लिखते हैं।
शहर की चमकती रोशनी में भी नेहा का मन एक अदृश्य अंधेरे से जूझ रहा था।

एक आवाज़ भीतर से बार-बार फुसफुसाती –
"अब तुझे चुप नहीं रहना है...
अब तुझे बोलना है...
सबके लिए... अपने लिए।"

और फिर उसने कलम उठाई।

जिस दिन उसका लेख "बेटी भी उड़ सकती है" छपा, पूरा कॉलेज सन्न रह गया।
"किसने लिखा है ये?"
"कौन है ये नेहा?"
"क्या ये वही चुप रहने वाली लड़की है?"

किसी ने विरोध किया, तो किसी ने उसका हौसला बढ़ाया।
लेकिन पहली बार उसकी आवाज़ सुनी गई – और वो भी पूरे शहर ने।

एक ऑनलाइन मंच पर उसके शब्द वायरल हो गए।
वह लिखी थी–

“मैं बेटी हूँ, लेकिन मेरी उड़ान सीमित नहीं।
मैं चुप रहूँ तो मत समझना कि मेरे पास शब्द नहीं।मैं अगर बोलूँ... तो तूफ़ान ला सकती हूँ।”

उसी रात किसी अजनबी ने उसे ईमेल भेजा
“तुम्हारे लेख ने मेरी छोटी बहन को आत्महत्या से रोका।
तुम नहीं जानतीं, तुमने क्या किया है...
तुमने एक जान बचाई है।”
नेहा काँप उठी।
उसकी उंगलियाँ उस ईमेल को पकड़ते हुए थरथरा रही थीं।

पहली बार उसने समझा –
शब्दों की ताकत सिर्फ़ अभिव्यक्ति नहीं होती,
वे किसी की साँस भी बन सकते हैं।

अब नेहा ने एक ब्लॉग शुरू किया।
नाम रखा – "खामोशी की उड़ान"।

वह मंच बन गया उन बेटियों का,
जो बोलना चाहती थीं,
मगर जिनके पास शब्द नहीं थे।
नेहा उनके लिए शब्द बनी।
वह उनकी चुप्पियों में उतरकर
उनकी कहानियों को आवाज़ देने लगी।

अब उसके पास पाठक नहीं,
बल्कि एक पूरा कारवाँ था –
जो शब्दों पर चलता था और उम्मीद में साँस लेता
था। नेहा अब जान चुकी थी –
"तलवारें मिट सकती हैं,
पर शब्द अगर सच्चे हों,

तो वे पीढ़ियाँ बदल सकते हैं।"

उसे बोलना नहीं आता था,
मगर अब उसके शब्द बोलते थे।
बोलते थे... उन सबके लिए,
जो अब भी चुप हैं।

•••

८. पहली उड़ान

नेहा की मेज़ पर एक पुरानी-सी डायरी पड़ी थी।
धूल जमी हुई थी, किनारे मुड़े हुए थे,
पर अंदर... भावनाओं का समंदर भरा था।

वह डायरी उसके जीवन की स्मृतियों का
संकलन थी।

उसमें थीं माँ की चिट्ठियाँ, बचपन की कविताएँ,
स्कूल के रिपोर्ट कार्ड
और एक पंख,
जो पिता ने एक दिन मुस्कुराकर दिया था और
कहा था—

“पंख हल्के होते हैं,
लेकिन अगर हिम्मत हो
तो ये आसमान भी चीर सकते हैं।”

उस शाम नेहा अकेली थी,

लेकिन भीतर से बहुत भरी हुई थी।
वह अपनी ही कहानी के पन्नों को पलट रही
थी-
जहाँ दर्द भी था, हिम्मत भी।
अधूरे सपने भी थे
और पूरा होने का भरोसा भी।
तभी मोबाइल की घंटी बजी।

कॉल था एक प्रसिद्ध महिला मंच से—
"नेहा जी, आपका लेख 'उड़ती लड़की'
देशभर की बेटियों की प्रेरणा बन गया है।
हम आपको मुख्य अतिथि के रूप में आमंत्रित
करना चाहते हैं।"

नेहा की आँखें छलक आईं।
वह बोली नहीं,
क्योंकि उस समय सिर्फ एक भावना
उसके जहन में गूंज रही थी—
माँ का आशीर्वाद,
जो दूर बैठकर भी

उसके जीवन के हर कदम पर
छाया बनकर चला था।
उसने आँखें बंद की और मन ही मन कहा—
"माँ, मैं उड़ रही हूँ...
तुम्हारे विश्वास के पंखों पर।"
अब वह डरती नहीं थी।
अब वह छिपकर नहीं लिखती थी।
अब वह मंच पर बोलती थी—
निडर होकर, पूरे आत्मविश्वास के साथ।

कॉलेज की लड़कियाँ उसके पास आकर कहतीं
—

"दीदी, आपने हमें बदल दिया।
अब हम भी उड़ना चाहती हैं।"

नेहा मुस्कराकर कहती—
"अपने पंखों को कभी मत भूलना।
वे हमेशा तुम्हारे भीतर ही थे।"

उस दिन उसने अपनी डायरी में सिर्फ तीन शब्द लिखे
स्मृतियाँ – आशीर्वाद – आत्मविश्वास

और फिर लिखा—
"मैं केवल एक लेखिका नहीं,
मैं हर उस बेटी की आवाज़ हूँ
जिसने सपने देखे,
पर आवाज़ खो बैठी थी।
मैं स्मृति हूँ – पंखों की,
आशीर्वाद हूँ – माँ का,
और आत्मविश्वास हूँ – हर उड़ान का।"
उस रात नेहा की उड़ान
शब्दों से नहीं,
भावनाओं से भरी थी।
वह अध्याय,
किसी किताब में नहीं,
दिलों में बस गया।
वह अध्याय...
खास था।
अविस्मरणीय था।

और वही थी उसकी असली "उड़ान।"

•••

९.समाज की आँखें

नेहा मंच पर खड़ी थी। सामने हज़ारों आँखें थीं-
कुछ विस्मित, कुछ आलोचक, कुछ जड़।
वह मुस्कराई। फिर एक गहरी साँस ली।

“आज मैं आपसे नहीं, उन आँखों से बात करूँगी,
जो कहती हैं — लड़की होकर इतना कैसे
बोलती हो?”

सभा चौंक गई। कोई ऐसी शुरुआत की उम्मीद
नहीं कर रहा था।
“मैं पूछती हूँ —
अगर बेटी चुप रहे, तो बोझ कहलाती है।
अगर बोले, तो बेहूदा।
अगर हँसे, तो चरित्र पर सवाल।
अगर सपने देखे, तो कहा जाता है — हद में
रहो!”
उसने हाथ में एक कागज़ उठाया — माँ की
पहली चिट्ठी थी।

“इस चिट्ठी में सिर्फ़ एक पंक्ति थी —
‘बेटी, तेरे पंख दिखते नहीं, पर मुझे पता है तू उड़ सकती है।’”

चारों ओर सन्नाटा छा गया।

“तो आज मैं आप सबको यह चिट्ठी पढ़ा रही हूँ —
ताकि हर माँ को लगे, यह चिट्ठी उसकी भी हो सकती है।”

“हमारे समाज ने बेटियों के लिए नकाब बनाए —
मर्यादा का, संस्कार का, झुकाव का।
पर मैंने देखा है —
संस्कार तब सबसे सुंदर होते हैं,
जब बेटी सिर उठाकर अपनी राह बनाती है।”
एक वरिष्ठ महिला बोली —
“ये तो लड़कियों को बिगाड़ रही है!”
नेहा मुस्कराई।
“अगर अपने सपनों के लिए खड़ा होना

बिगड़ना है,
तो हर बेटी को थोड़ा बिगड़ना चाहिए।”
सभा में पहली बार एक बुजुर्ग दादी ने ताली बजाई।
नेहा ने उन्हें देखा — उनकी आँखें नम थीं।
“आज आप ताली नहीं, परिवर्तन की मुहर लगा रही हैं।”
फिर नेहा बोली —
“मैं चाहती हूँ कि जब अगली बार कोई दादी अपनी पोती को देखे,
तो डर नहीं, गर्व महसूस करे।”
“मैं नाम नहीं, मिसाल बनना चाहती हूँ।
मैं नेहा नहीं, हर उस लड़की की आवाज़ हूँ
जो आज भी अपने सपनों को तकिए के नीचे छुपाकर सोती है।

आज मैं मंच पर नहीं,
उस खिड़की के सामने खड़ी हूँ
जहाँ से एक लड़की चाँद देखती है,
पर कहता कोई नहीं — चलो उसे छू लेते हैं।”

तभी एक छोटी बच्ची खड़ी हुई —
“दीदी, क्या मैं भी बोल सकती हूँ?”
नेहा ने माइक नीचे किया।
बच्ची बोली —
“मैं डॉक्टर बनना चाहती हूँ, पर पापा कहते हैं —
तू लड़की है।”
नेहा ने उसका हाथ थामा और मंच से कहा —
“सबको बताइए — वो लड़की है,
इसलिए उसे रोका नहीं जाए,
बल्कि दोगुनी हिम्मत दी जाए।”
पूरा सभागार खड़ा हो गया।
तालियाँ नहीं, आँसुओं की आवाज़ें गूँजने लगीं।

उस रात नेहा ने खुद को दोबारा जन्मते देखा।
अब वह सिर्फ़ एक बेटी नहीं थी — वह विश्वास बन
चुकी थी।
उसने अपनी डायरी में लिखा —
मैं वो चीख हूँ,
जो कभी गूँगी थी।
मैं वो कहानी हूँ,

जो बिना सुने खत्म हो जाती थी।
पर अब मैं वो आवाज़ हूँ,
जो हर लड़की के भीतर से निकलेगी
और कहेगी —
"मैं कर सकती हूँ।"

•••

१०. बदलाव की लहर

रात देर तक नेहा अपनी छोटी खिड़की के सामने बैठी थी।
आसमान में चाँद आधा था, जैसे वह भी अधूरी कहानियों से भरा हो।
पर आज उसकी आँखों में नींद नहीं थी — वहाँ उम्मीद की चमक थी।
एक अनकहा संतोष।
एक ऐसी सिहरन, जो सिर्फ़ उन लोगों को आती है, जो किसी और की ज़िंदगी बेहतर बनाने की कोशिश करते हैं।
उसका लेख छप गया था —
"बेटी भी उड़ सकती है।"
शब्दों में आग थी, लेकिन साथ ही गहराई भी थी।
उसने कुछ भी बढ़ा-चढ़ाकर नहीं लिखा था — बस सच लिखा था। सच, जो उसने देखा था, जिया था और सहा था।
फोन की घंटी बजी।
"नेहा जी, नमस्कार।
हम महिला शिक्षा अभियान से हैं।

आपके लेख ने कई गाँवों में बेटियों को स्कूल लौटने की हिम्मत दी है।
आपको सम्मानित किया जाएगा।”

नेहा सुनती रही — चुपचाप।
किसी और नेहा की कहानी होती, तो शायद वह उछल पड़ती।
पर नेहा की चुप्पी में एक पूरी भीड़ की आवाज़ें थीं |
उन बेटियों की, जो बोल नहीं पाती थीं।
उसने फोन रखा और डायरी उठाई।
लिखा —
“शब्द अगर दिल से निकलें,
तो वक़्त बदलते हैं।
विचार नहीं — ज़िंदगियाँ बदलती हैं।”
उसी शाम एक डाकिया आया।
एक पुरानी चिट्ठी उसके हाथ में थी।
हस्ताक्षर देखकर नेहा का दिल काँप गया।
बाबा
उसने काँपते हाथों से लिफ़ाफ़ा खोला।
चिट्ठी की पहली पंक्ति ने ही आँखें नम कर दीं

"मेरी बेटी नेहा को,
माफ़ करना।
मैंने हमेशा तुझे अपनी दुनिया के दायरे में देखा,
तेरे पंखों को परखने की हिम्मत नहीं की।
पर आज, जब तेरे शब्द पढ़े,
तो मुझे एहसास हुआ —
तू सिर्फ मेरी बेटी नहीं है,
तू हर उस बेटी की आवाज़ है,
जो अब तक चुप रही।"
नेहा की आँखों से आँसू बहने लगे।
वह चिट्ठी जैसे किसी टूटे पुल को जोड़ रही थी।

बाबा ने आगे लिखा था —
"तेरे लेख में वो गूंज थी, जो हर पिता को
झकझोर दे।
मैंने महसूस किया —
तेरे शब्दों से बेटी नहीं बोल रही थी,
एक पीढ़ी की आत्मा बोल रही थी।
मैंने तुझे रोका, टोका और डराया —
पर तू फिर भी लिखती रही...
आज गर्व है कि तू रुकी नहीं।"

उस रात नेहा खिड़की के सामने बहुत देर तक बैठी रही।
शहर की रौशनी में उसे अब गाँव की गलियाँ दिख रही थीं —
जहाँ कोई छोटी-सी नेहा पहली बार किताब उठाने की हिम्मत कर रही थी।
उसने डायरी में कविता की कुछ पंक्तियाँ लिखीं —
मैं बेटी थी,
मुझे सिर्फ़ रिश्तों में परिभाषित किया गया...
पर मैंने खुद को शब्दों में रचा,
अपने ज़ख्मों से स्याही बनाई,
और आँसुओं से हर पन्ना गीला किया।
उस रात नेहा देर तक जागती रही।
ना टीवी, ना फोन, ना सोशल मीडिया —
सिर्फ़ वो, उसकी डायरी और एक चिट्ठी...
जिसने उसका जीवन बदल दिया था।
बाबा की चिट्ठी उसके सामने खुली थी।
वह हर शब्द को फिर से पढ़ती, फिर से रोती —
पर इस बार आँसू कमजोरी के नहीं थे।

उसकी नज़र अपनी पुरानी कविता पर पड़ी —
जो उसने कभी किसी को नहीं सुनाई थी:

मुझे थोड़ी उड़ान भरने दो,
फिर देखना...
मैं बादलों से बात करूँगी,
सूरज से भी सवाल करूँगी।

मुझे मत रोको,
क्योंकि मैं रुकती नहीं।
मैं सिर्फ़ चलती नहीं,
मैं रास्ता बनाती हूँ।**

उसने पहली बार यह कविता खुद को पढ़कर मुस्कुराया।
अचानक उसका फोन फिर बजा।
इस बार कॉल किसी संस्था से नहीं था।
गाँव की एक 12 साल की लड़की का वॉइस मैसेज था:
"नेहा दीदी...
आपका लेख पढ़कर मैंने फिर से स्कूल जाना शुरू किया।
पहले बाबा नहीं मानते थे,
पर मैंने उन्हें पढ़कर सुनाया।
अब उन्होंने खुद मेरा नाम लिखवा दिया है।

मैं भी आपकी तरह बनना चाहती हूँ।"

नेहा की आँखों से फिर आँसू बह निकले...
इस बार न तो बाबा की चिट्ठी थी,
न किसी मंच का सम्मान।
यह एक बच्ची का विश्वास था —
उसकी उड़ान का पहला पंख।
नेहा जान चुकी थी —
अब वह सिर्फ़ एक लेखिका नहीं रही।
वह एक बीज बन चुकी थी —
जो हर गाँव, हर शहर, हर बेटी के मन में बोया जाएगा।
उसने अपनी डायरी का आख़िरी पन्ना खोला और लिखा —

"मैंने जो लिखा, वो मेरा नहीं था।
वो हर उस लड़की का सच था,
जिससे कहा गया था — चुप रहो।
आज मेरी लेखनी मेरी नहीं रही,
अब यह समाज की बेटी की आवाज़ बन गई है।

मैं उड़ चुकी हूँ —
अब मेरी हवा उन पंखों को मिलेगी,
जो अभी उड़ना सीख रहे हैं...”

•••

११.गाँव का न्योता

नेहा की लेखनी अब सिर्फ शब्द नहीं, परिवर्तन की चिंगारी बन चुकी थी। उसके लेख "बेटी भी उड़ सकती है", "घूंघट के उस पार" और "माँ के आंचल से परे" ने हज़ारों लोगों की सोच को झकझोर दिया था। एक सुबह, जब वह अपनी डायरी में अगली कविता का मुखड़ा लिख रही थी, मोबाइल की घंटी बजी। ईमेल आया था-

"आदरणीया नेहा जी,

हमारा गाँव आज आप पर गर्व करता है। आपके विद्यालय में वार्षिक समारोह है और ग्राम सभा ने सर्वसम्मति से आपको मुख्य अतिथि के रूप में आमंत्रित किया है।

सादर — गाँव शिक्षा समिति"

नेहा के हाथ काँप गए।

वही गाँव? जहाँ लड़कियों को सपने देखने से पहले उन्हें त्यागने की सीख दी जाती थी? जहाँ किसी वक्त उसने खुद को बेआवाज़ पाया था? उसकी आँखें बंद हो गईं। एक चित्र उभरा — माँ की हथेली में उसकी हथेली, और वह आवाज़ "जा बेटी, अपने सपनों को सच करने।" पिता ने उसकी आँखों में प्रश्नों की बारिश देखी और पहली बार मुस्कराए "वक़्त आ गया है, नेहा

अब तेरा गाँव तुझसे माफी माँगना चाहता है। लौट और उन्हें दिखा — बेटियाँ लौटती हैं तो ज़मीन नहीं, आकाश छूकर आती हैं।"

नेहा ने साड़ी निकाली — वही गुलाबी सिल्क जो माँ ने कॉलेज में विदा करते समय दी थी, जिसके आँचल में माँ की दुआएँ लिपटी थीं। उसने माँ की चिट्ठियाँ, अपनी पहली कविता की प्रति और भाषण की कुछ पंक्तियाँ सँभालीं। गाँव की पगडंडी पर पाँव रखते ही समय जैसे थम गया। किसी ने उसे देखकर बच्चों से कहा, "देखो, वो वही है... नेहा दीदी... जो अख़बारों में आती हैं।" स्कूल सजाया गया था — रंगोली, फूल, स्वागत गीत। पहली बार वहाँ एक बेटी के नाम पर इतना आयोजन हुआ था।

मंच पर उसे बुलाया गया। पूरा मैदान तालियों से गूंज उठा।

नेहा ने माइक पकड़ा और गहरी साँस ली:

"आज मैं वही लड़की हूँ, जिसे कभी कहा गया था... 'चुप रहो, लड़कियाँ ज्यादा नहीं बोलतीं।' मैं वही हूँ, जिसे पढ़ने से पहले रोटियाँ सेंकना सिखाया गया। पर आज... मैं ये कहने आई हूँ कि अगर बेटियों को उड़ने दो, तो वे सिर्फ घर

नहीं, समाज, सोच और समय सब बदल देती हैं।"
एक क्षण को सन्नाटा रहा, फिर तालियाँ ऐसे गूंजीं जैसे आसमान भी गवाह बना।

भीड़ में खड़े पिता की आँखों से आँसू बह रहे थे — वो आँसू जो गर्व से नम थे। माँ ने पास आकर उसका चेहरा छुआ।
"गाँव ने तुझे जन्म दिया नेहा... लेकिन उड़ान? वो तो तूने ख़ुद सीखी, बेटी।" नेहा ने मुस्कराकर माँ का हाथ पकड़ा और कहा: "नहीं माँ... उड़ान मैंने नहीं, तूने दी थी। तू न होती तो मैं कभी उड़ ही नहीं पाती।"

उस दिन गाँव की हर लड़की के मन में एक बीज बोया गया — सपने का बीज। कि मंच पर खड़े होने के लिए लड़की होना कोई बाधा नहीं — बल कि प्रेरणा हो सकती है। गाँव में पहली बार नारे लगे — "बेटी बचाओ, बेटी पढ़ाओ" नहीं...
बल्कि:
"बेटी उड़ाओ, बेटी बनाओ — समाज की शान!"

•••

१२.आज़ाद सन्मान

समारोह की गूँज धीरे-धीरे थम रही थी। बच्चे अपने गीतों की पंक्तियाँ दोहराते लौट रहे थे, और महिलाएँ पहली बार मंच से उतरती एक लड़की को ऐसे देख रही थीं जैसे किसी चमत्कार को सजीव पाया हो। नेहा मंच से नीचे उतरी ही थी कि भीड़ में से एक काँपती आवाज़ ने उसे रोका।

"बिटिया... क्या तू नेहा है?

"नेहा ने मुड़कर देखा — एक बुज़ुर्ग महिला खड़ी थीं। झुकी पीठ, बारीक-सी काया, आँखों में समय की परछाइयाँ। उनके एक हाथ में समय से घिसी एक रेशमी चिट्ठी थी, और दूसरे हाथ में एक टूटी चूड़ी।नेहा ने हाथ जोड़ते हुए पूछा, "जी... आप मुझे जानती हैं?"

वो मुस्कराईं, लेकिन उनकी मुस्कान में इतिहास की टीस थी।

"जानती नहीं... पर तुझे जन्मते ही देखा था।

तू रोई थी, तो पूरे गाँव ने चुप रह जाने को कहा था — क्योंकि लड़की थी। उसी दिन मेरी पोती... नहीं रही। दहेज की आग में बुझा दी गई। मैं सोचती थी, शायद कोई दिन ऐसा आए, जब एक लड़की आवाज़ नहीं, बदलाव बने। आज तू बोलती है, तो लगता है — मेरी पोती का गला नहीं घुटा था, वो तेरे स्वर में आज भी ज़िंदा है।"

नेहा की आँखें भर आईं। उसने चुपचाप उस महिला के हाथ थाम लिए।

तभी मंच पर एक नई आवाज़ गूंजी — पंचायत प्रमुख थे।

"साथियों! आज हम सबने देखा — बेटियाँ सिर्फ़ कविता नहीं, क्रांति बन सकती हैं। इसलिए ग्रामसभा ने सर्वसम्मति से निर्णय लिया है —

हमारी बेटी नेहा को सम्मानित किया जाए 'आज़ाद सम्मान' से।"

भीड़ पहले तो कुछ समझ नहीं पाई — यह कोई परंपरागत पुरस्कार नहीं था। पर फिर मंच पर जो हुआ, वह पूरे गाँव की आत्मा को हिला गया।

एक नन्ही बच्ची मंच पर आई — हाथ में लकड़ी का एक पुराना पिंजरा था... लेकिन उसमें कोई पक्षी नहीं था। पिंजरे के दरवाज़े खुले थे। और उस पर लाल अक्षरों में लिखा था:

"अब पिंजरे नहीं, पर चाहिएं!"

फिर पंचायत प्रमुख ने हाथ में एक सजीव प्रतीक पकड़ा — एक डायरी, जिसमें गाँव की हर लड़की ने अपने नाम के साथ अपने सपने लिखे थे:

"मैं पूजा हूँ, मैं डॉक्टर बनना चाहती हूँ।"
"मैं आरती हूँ, मुझे आकाशगंगा में जाना है।"
"मैं गुलफिशा हूँ, कविताएँ लिखूँगी — नेहा दीदी जैसी।"

नेहा की आँखें भर गईं। उसे वह दिन याद आया, जब उसकी खुद की डायरी माँ के आँचल के नीचे छुपाकर रखी जाती थी।
फिर पंचायत प्रमुख ने कहा:
"नेहा जी, अब हर साल इस डायरी में बेटियाँ अपने सपनों के साथ एक और पन्ना भरेंगी — और आप आकर देखेंगी कि उड़ानों में कोई कमी नहीं आई। आपका नाम अब हमारे विद्यालय की दीवार पर नहीं, हमारी सोच की नींव पर लिखा जाएगा।"

इसके बाद गाँव के सबसे ऊँचे चबूतरे की ओर इशारा करते हुए घोषणा हुई:

"उस पर बनेगा भित्तिचित्र — नेहा के चेहरे के पीछे कलम की आभा और पंखों की छाया।
और नीचे लिखा जाएगा:
'जहाँ सोच उड़ती है, वहीं से समाज चलता है।'"
तभी भीड़ में से आवाज़ आई — "देखो, नेहा दीदी रो रही हैं!"

लेकिन वो आँसू हार के नहीं थे | वो उस चुप्पी के टूटने के थे जो कभी उसकी माँ की आँखों में थी।
अब नेहा मंच से उतरी — और उसके पीछे, जैसे इतिहास चलने लगा था।
छोटी बच्चियाँ किताबें लेकर उसके पीछे दौड़ रही थीं, कुछ कविता की पंक्तियाँ सुनाने लगीं, कुछ ने उसे छूकर देखा — जैसे कोई प्रेरणा छू ली हो।
नेहा रुकी, मुड़ी... और गहरी साँस लेकर बोली:
"आज यह मेरी जीत नहीं,
यह हमारी उड़ान है।
और उड़ान की कोई मंज़िल नहीं होती...
बस दिशा होती है।
और जब दिशा सही हो,
तो आकाश छोटा पड़ जाता है।"
तभी, गाँव के ही एक युवा कलाकार ने मंच के

पीछे अचानक से एक चॉक से स्केच बना दिया — नेहा की आकृति, कलम और खुले पंखों के साथ। लोग चुप हो गए... क्योंकि उस चॉक की लकीरों में वो सब लिखा था, जो अब शब्दों में नहीं समा सकता था।

वो पहली बार थी, जब एक बेटी सम्मानित नहीं, आज़ाद हुई थी। और उसके साथ गाँव की सोच भी।

•••

१३ : "ज्ञान की रोशनी"

नेहा को जब अपने गाँव की मिट्टी फिर से महसूस हुई, तो उसके भीतर एक धीमी लेकिन स्थिर धड़कन जाग उठी। वह शहर से लौट आई थी, किताबों और सोच के साथ; पर गाँव में जो कुछ भी वह देख रही थी, वह उससे अलग था—लाखों सपने थे, मगर रास्ते बंद थे। गाँव की गलियों में खेलती वो लड़कियाँ जो दिन में चूल्हे की राख झाड़ती, बकरी चरा देती, या घर के छोटे-मोटे कामों में उलझी रहतीं, स्कूल से दूर थीं। और महिलाएँ, जिनकी आँखों में एक अज्ञात चाहत थी—कभी अपने नाम को पहचानना, कभी अपने बच्चों की पढ़ाई को समझना—वे सब भी अनजाने में रह गई थीं। "अगर बच्चे स्कूल नहीं आ सकते, तो स्कूल उनके पास आएगा," नेहा ने खुद से कहा। पर वह जानती थी कि इसके लिए सिर्फ इरादा काफी नहीं होगा; एक ढांचा चाहिए, संयम चाहिए, और सबसे ज़रूरी—लोगों का विश्वास।

नेहा ने गाँव के बीचों-बीच पड़े एक पुरानी, सूनी इमारत को चुना। कई सालों से वह बंद पड़ी थी दीवारों पर जमी धूल, दरवाज़े पर जंग, और अंदर का माहौल सूना।

पर नेहा ने उसी को मौका दिया; उसने आसपास की महिलाएँ, कुछ युवक, और पुरानी सोच के झटकों को चुनौती देने वाले बुज़ुर्गों से बात की।

"यहाँ पढ़ाई होगी," उसने एक शाम मिलता-जुलता समूह के सामने कहा।

"न केवल बच्चों के लिये, बल्कि उन माताओं के लिये भी, जो दिन भर कष्ट करती हैं और फिर भी अपने परिवार में कुछ नया समझने को तरसती हैं।" पहले दिन में संघर्ष था—किसी के घरवाले सोचते,

"औरतों को पढ़ाने से क्या होगा?"

किसी ने पूछा, "लड़कियाँ? वो तो अब भी घर में काम करती हैं, स्कूल से क्या फायदा?"

पर नेहा ने धीरे-धीरे भरोसा जमा लिया।

लड़कियाँ आईं—पहले कुछ थोड़े हिचकिचा कर, फिर उत्साह से; महिलाएँ आईं—नज़रों में शोर के साथ, और धीरे-धीरे एक नई उम्मीद के साथ।

दिन का स्कूल — लड़कियों की दुनिया

सुबह की हल्की धूप के साथ इमारत के उस कमरे में बच्चों की चहल-पहल शुरू हो जाती। कक्षाओं में, छोटे-छोटे चेहरे, बड़े-बड़े सवालों से भरे थे।
नेहा ने एक दिन गणित के टेबल को ऐसे समझाया जैसे वह किसी कहानी का पात्र हो "अगर तुम्हारे पास तीन आम हैं और तुम्हें दो और मिलें, तो कुल कितने?"
छोटी गुड़िया ने पहली बार गिनती की, फिर मुस्कान में बदल गई।

"मेम, अब मैं अपना घर का खर्चा खुद लिख सकती हूँ!"
"और जब मैं बड़ी होऊँगी, तो अपने भाई को भी पढ़ाऊँगी,"
किसी ने तो शरारत भरे लहजे में कहा, "अब मैं उस टीचर को बता दूँगी जो मुझे पहले 'पढ़ाई लड़कियों का काम नहीं' कहता था।"

नेहा ने सिर्फ किताबें नहीं पढ़ाईं—उसने आत्मसम्मान की भाषा भी सिखाई।

"तुम्हारा दिमाग तुम्हारी सबसे बड़ी दौलत है," वह कहती, "और कोई तुम्हें यह बताने का हकदार नहीं कि तुम क्या कर सकती हो या नहीं।"

स्वास्थ्य शिक्षा में उसने साधारण से बातों को जीवन बदलने वाला रूप दिया—हाइजीन, साफ़-सफ़ाई, महीनों के बारे में समझाना; आत्मरक्षा के साधारण कदम जो लड़कियों को उनके शरीर और सीमाओं की रक्षा का अधिकार महसूस कराते।धीरे-धीरे गाँव की ओर से एक टिप्पणी आने लगी—"वो लड़कियाँ अब पहले से ज़्यादा बोलती हैं,"उनके चेहरों पर एक सीधी सी चमक है,"

किसी बूढ़े नेहा के चाचा ने कहा, "जो हम समझते नहीं थे, वह अब दिखने लगा है—ये ज़िंदगी की उम्मीद है।"

रात का स्कूल — महिलाओं की जिज्ञासा

दिन के बाद, जब सूरज ढलता और खेतों से लौटे लोग थके हुए घरों में बिखरते, तो इमारत की खिड़कियाँ फिर से रोशनी से जगमगा उठतीं।

अब वही जगह, लड़कियों के उजले सपनों के बाद, महिलाओं की चुप्पी को तोड़ने का मंच बन जाती।

पहली शाम, जब महिलाएँ आईं तो उनमें एक अजीब शर्म और आशा मिली-जुली थी।

कई महिलाओं ने जीवन भर अपना नाम केवल सुना था—कागज़ पर लिखने का अवसर शायद कभी नहीं मिला था।

नेहा ने एक-एक से हाथ मिलाया, उनकी आँखों में झांकते हुए पूछा, "आप क्या सीखना चाहती हैं?"

एक माँ, जो हर दिन अपने बच्चे के होमवर्क से परेशान रहती, चुपचाप बोली, "बस इतना समझना चाहती हूँ कि मेरा बच्चा क्या लिख रहा है, वो कब गलत है और कब सही।"

एक औरत, जिसकी उम्र ने उसे समाज के पीछे खिसका दिया था, धीरे-धीरे मुस्कुराई—"मैं अपना नाम खुद लिखना चाहती हूँ, अपने हाथ से।"

कक्षाएँ सरल थीं—पहला अक्षर, पहला शब्द, छोटे-छोटे वाक्य।

शुरू में उनका हाथ कांपता, पर जैसे-जैसे अक्षरों की गहराई समझ आई, वह कांपना कम हुआ। एक शाम, दीये की मद्धिम रोशनी में, राधा आंटी ने पहली बार अपने नाम के अक्षर पूरे पूरे लिखे।

वो रुक कर देखती रही, फिर धीरे से हाथ उठा कर नेहा की ओर इशारा करते हुए बोली, "ये मेरे नाम के अक्षर हैं... नेहा बेटा, अब मैं अपने बाप का नाम बता सकती हूँ, जो मैं अब तक सिर्फ याद करती थी।"

महिलाएँ सिर्फ पढ़ती नहीं थीं—उनके बीच एक भाषा बनती गई।

उनमें से एक ने अपने छोटे व्यापार के हिसाब-किताब को खुद रखने का निर्णय लिया, तो दूसरी ने परिवार के पुराने फैसलों में अब अपने विचार देने की हिम्मत जुटाई।

एक बार गाँव की एक महिला, शांता, जो पहले अपने पति के निर्णय पर ही चलती थी, ने कहा, "अब मैं समझ सकती हूँ कि पैसा कहाँ जाता है, और मुझसे पूछे बिना खर्च क्यों किया जाता है।"

उसकी आवाज़ में हल्की सी ठहराव था—पहली बार वह खुद को निर्णय की जगह पर देख रही |
पहाड़ की तरह कठिनाइयाँ थीं—कुछ लोग विरोध करते, "रात में औरतों को इकट्ठा होना ठीक नहीं," कोई कहता, "लड़कियाँ पढ़ कर अपना समय बर्बाद कर रही हैं," तो कुछ कहते कि यह सब नई बातें हैं जो परंपरा को खो देंगी।
नेहा ने उन सबको धीरे-धीरे, छोटे-छोटे उदाहरणों से समझाया।
जब एक माँ ने देखा कि उसकी बेटी अब दवाइयाँ खुद पढ़ कर सही समय पर खा रही है, तो उसने खुद नेहा से कहा,
"जो तुम समझाती हो, वो तो हमारे लिए जीवन की बचत से कम नहीं।"
जब एक पति ने देखा कि उसकी पत्नी अब घर का बजट संभाल रही और बचत कर रही, तो उसने खुद कहा,
"जो हम पहले अनदेखा करते थे, वही अब परिवार को संभाल रहा है।"
धीरे-धीरे विरोध की गूँज कम हुई।
गाँव में एक नया संतुलन आया—जहाँ दिन की पढ़ाई और रात की समझदारी दोनों को सम्मान मिला।

असर – सिर्फ किताबों का नहीं, हृदयों का भी कुछ महीनों के भीतर, गाँव की गलियाँ बदलने लगीं।

लड़कियाँ स्कूल बैग लेकर जातीं, उन्हें देखकर छोटे बच्चे भी पूछते—"तुम कौन सी किताब पढ़ रही हो?"

महिलाएँ अपने घरों में छोटी-छोटी बैठकों में बैठतीं और एक-दूसरे से सीखतीं कि कैसे अधिकारों की बात कहें, कैसे बच्चों की स्कूल/होमवर्क में मदद करें।

एक दिन गाँव के प्राथमिक विद्यालय के प्रधानाचार्य ने नेहा से कहा,

"तुमने जो स्कूल यहाँ शुरू किया, उसने हमारी औपचारिक शिक्षा को भी मजबूत किया—लड़कियाँ अब ध्यान से आती हैं, और घर से समर्थन मिलता है।"

गाँव के बच्चे, जो पहले सिर्फ काम में उलझे रहते, अब अपने बड़े भाई-बहनों को देखकर कहते, "हम भी पढ़ना चाहते हैं—हमारी बहनें और माँ जो समझती हैं, वो हमें भी सिखाएँ।"

नेहा बैठती, कुछ पुराने पत्रों को देखती जिनमें पहले उसकी सोच थी, और फिर बाहर निकल कर देखती कि किस तरह एक पुरानी इमारत रोशनी से भर रही है।

"एक दीया अगर जल जाए," वह खुद से कहती, "तो अंधकार कितनी भी गहरी हो, वो फैलने लगता है।"

•••

१४: परछाइयों से परे

अब गाँव में सुबह की हवा सिर्फ खेतों की मिट्टी नहीं, बल्कि उम्मीदों की खुशबू भी लेकर आती थी। पुरानी इमारत, जहाँ नेहा ने सबसे पहली बार झाड़ू लगाकर स्कूल शुरू किया था, अब बच्चों की हँसी और महिलाओं की उत्सुकता से गूंजती थी। एक समय था जब इस जगह की दीवारें केवल सन्नाटे की गवाह थीं, लेकिन अब वे ज्ञान, आत्मविश्वास और सामूहिक बदलाव की साक्षी बन गई थीं। नेहा को ऐसा लगता था कि यह शुरुआत अब स्थायी हो गई है। लड़कियाँ अपने सवालों से किताबों को थामे चलती थीं, और महिलाएँ अपनी ही बातों में उन विषयों की चर्चा करने लगी थीं, जिन्हें कभी वे समझने का अधिकार भी नहीं मानती थीं। लेकिन जैसे ही वह सोचने लगी कि अब सब कुछ सही रास्ते पर है, तभी अचानक एक ऐसी खबर आई जिसने उसकी नींद उड़ा दी। पंचायत ने घोषणा की कि जिस इमारत में यह शिक्षा केंद्र चल रहा था, उसे अब

किसी दूसरी योजना के लिए इस्तेमाल किया जाएगा शायद राशन का गोदाम, या फिर पंचायत कार्यालय। यह सुनते ही नेहा के भीतर कुछ टूटने जैसा हुआ। उसकी आँखों के सामने उन लड़कियों की झुकी आँखें घूम गईं, जो अभी-अभी खुलकर मुस्कुराना सीख रही थीं। वह देख पाई उन महिलाओं के चेहरे, जिनमें पहली बार आत्मविश्वास की झलक दिखी थी।

नेहा ने पंचायत से बात करने की कोशिश की, लेकिन उत्तर सपाट थे। "सरकारी ज़मीन है," "योजना ऊपर से आई है," "ये सब कुछ समय की बात थी" इन बहानों के पीछे असली वजह वही पुरानी मानसिकता थी, जो बदलाव से डरती है। लेकिन इस बार नेहा अकेली नहीं थी। उसने कुछ नहीं कहा, बस गाँव की महिलाओं से मिलने लगी, उन बच्चियों से बात की, और एक दिन इमारत के सामने सबको बुला लिया। उस रात गाँव में कुछ अलग हुआ। सिर्फ चुप्पी थी, लेकिन वह चुप्पी किसी तूफान से कम नहीं थी। महिलाएँ आईं साफ साड़ियाँ पहने, हाथों में किताबें लिए। लड़कियाँ आईं—अपनी स्लेट और कॉपी के साथ। कुछ बुज़ुर्ग भी

थे | जो पहले विरोध करते थे, अब चुपचाप पास ही बैठे थे। सभी ने कुछ नहीं कहा। बस मौन रखकर उस इमारत के सामने बैठ गए। यह न कोई विरोध प्रदर्शन था, न आंदोलन। यह आत्मा की आवाज़ थी, जो बिना चिल्लाए भी बहुत कुछ कह रही थी।अगले दिन यह खबर अखबारों में आई "शिक्षा के लिए गाँव की स्त्रियाँ सड़क पर बैठीं, किताबें हथियार बनीं।" जिला कलेक्टर ने तुरंत संज्ञान लिया और गाँव का दौरा किया। वह जब वहाँ पहुँचे तो एक बच्ची, जिसे अभी-अभी गिनती सिखाई गई थी, उन्हें 1 से 20 तक गिनकर सुनाने लगी। महिलाओं ने बताया कि वे अब अपने नाम लिख सकती हैं, और बच्चों की कॉपी देख कर समझ सकती हैं कि सही क्या है। लड़कियाँ अपने भाईयों को होमवर्क में मदद करती थीं। कलेक्टर ने सब देखा, सुना और अंत में घोषणा की कि यह इमारत अबस्थायी रूप से शिक्षा केंद्र के रूप में चिन्हित की जाएगी और इसमें किसी भी तरह का बदलाव नहीं किया जाएगा। उन्होंने इसे 'ग्राम ज्ञान केंद्र' घोषित किया और हर महीने यहाँ निरीक्षण और सहायता देने का वादा किया।

गाँव में वह दिन किसी पर्व से कम नहीं था। महिलाओं ने पेड़ों के नीचे बैठकर मिठाइयाँ बाँटीं, और बच्चियों ने रंगोली बनाई जिसमें किताबें, दीपक और खुला आसमान बना हुआ था। नेहा को कोई औपचारिक पुरस्कार नहीं मिला, पर जब एक बुज़ुर्ग महिला ने आकर उसका माथा चूमते हुए कहा, "तू हमारी आँखों का उजाला है", तो वह हर सम्मान से ऊपर था। उस घटना के बाद गाँव ने और भी ऊँचाइयाँ छुईं। पास के गाँवों से महिलाएँ और लड़कियाँ आने लगीं। नेहा ने कुछ पढ़ी-लिखी युवतियों को शिक्षक बनने की ट्रेनिंग देना शुरू किया। अब यह आंदोलन नेहा तक सीमित नहीं रहा था। यह एक लहर थी, जो फैलती जा रही थी। सिलाई-कढ़ाई, मोबाइल चलाना, छोटे व्यापार की ट्रेनिंग, बैंक से जुड़ाव, आधार कार्ड की प्रक्रिया, और यहाँ तक कि डिजिटल साक्षरता—अब शिक्षा सिर्फ अक्षर नहीं, बल्कि आत्मनिर्भरता का द्वार बन गई थी।

फिर एक दिन एक पत्र आया—राज्य सरकार की ओर से। नेहा को "शक्ति सम्मान" से नवाज़ा जाना था। वह दिल्ली आमंत्रित की गई। कार्यक्रम में जब उसने मंच से बोलना शुरू किया तो वह रुक गई, उसकी आँखें भर आईं। फिर वह मुस्कराई और बोली, "मैं किसी महान काम की योजनाकार नहीं थी। मैंने बस उस जगह को आवाज़ दी जहाँ आवाजें कभी नहीं सुनी गई थीं।" वहाँ मौजूद लोग खड़े होकर ताली बजा रहे थे, पर नेहा की आँखों के सामने वह छोटी-सी इमारत थी, गाँव की धूलभरी गलियाँ थीं और वो आँखें, जिनमें उसने पहली बार रोशनी देखी थी।

कार्यक्रम के बाद जब नेहा गाँव लौटी, तो एक छोटी बच्ची—किरण—उसके पास आई और बोली, "दीदी, एक दिन मैं भी दिल्ली जाऊँगी, और वहाँ जब माइक मिलेगा, तो कहूँगी कि मेरी पहली टीचर नेहा दीदी थीं।" नेहा ने उसकी उँगली थामी और आसमान की ओर देखा, जहाँ तारे टिमटिमा रहे थे। उसने धीमे से कहा, "हाँ किरण, तुम्हारे सपनों की कोई सीमा नहीं है, अब बस उड़ते रहो।"

उस रात नेहा अकेली बैठी थी। उसकी गोद में कुछ पुराने पत्र थे, जिसमें कभी उसके खुद के अधूरे सपने थे। आज वे पूरे नहीं, बल्कि लोगों के भीतर पूरे हो चुके थे। उसने एक मोमबत्ती जलाई, अपनी डायरी उठाई और लिखा—

"जहाँ अंधेरे सबसे गहरे हों, वहीं दीया सबसे ज्यादा जलता है। आज हम उस उजाले का हिस्सा बन चुके हैं।"

•••

१५: नई सुबह का संकल्प

भोर का समय था। आकाश अब भी हल्की धुंध में लिपटा हुआ था, परन्तु पूरब से सुनहरी किरणें धरती को आलोकित करने लगी थीं। नीम के पेड़ पर बैठा कोयल अपनी मीठी आवाज़ में गा रहा था और खेतों से आती मिट्टी की सोंधी गंध पूरे गाँव को ताजगी से भर रही थी। यह वही सुबह थी, जिसे नेहा अपनी डायरी में "नई सुबह" कहकर लिखना चाहती थी। नेहा ने चाय का प्याला हाथ में लिया और बरामदे में बैठ गई। उसके चेहरे पर रातभर के विचारों की थकान साफ़ झलक रही थी। कल तक उसने शिक्षा केंद्र बचाने के लिए संघर्ष किया था, और गाँव वालों का समर्थन भी जीत लिया था। लेकिन उसके भीतर कहीं न कहीं एक अनकहा डर भी था—क्या लोग सच में इस संकल्प को निभाएँगे? क्या लड़कियाँ वाकई आगे आएँगी? उसने गहरी साँस ली और मन ही मन कहा—

"भरोसा वही है, जो डर से बड़ा हो,
और संकल्प वही है, जो थकान से भी आगे

बढ़ा हो।" उसने अपनी डायरी उठाई और लिखना शुरू किया।

"आज की सुबह केवल सूरज का उगना नहीं है,
यह आत्मविश्वास का जन्म है।
आज का दिन केवल दिन नहीं है, यह
युगांतकारी संकल्प है।"

डायरी के पन्ने पर लिखे ये शब्द उसके भीतर ऊर्जा बनकर लौटे। थोड़ी देर बाद उसने बच्चों और महिलाओं को बुलाकर शिक्षा केंद्र में एक सभा रखी। मिट्टी की दीवारों से घिरा वह छोटा-सा आँगन अब आशा का प्रतीक बन चुका था। बच्चे हाथों में स्लेट लिए दौड़ते हुए आए, और महिलाएँ अपने काम से समय निकालकर वहाँ पहुँचीं। नेहा ने सबको देखकर कहा—

"हमने बहुत कुछ सहा है। तानों को, रुकावटों को, और समाज की परंपराओं को। लेकिन अब समय बदल चुका है। यह शिक्षा केंद्र केवल अक्षर सीखने की जगह नहीं रहेगा, यह हमारे सपनों का मंदिर बनेगा।"

भीड़ में खुसुर-पुसुर हुई। तभी एक युवती खड़ी हुई और बोली,

"नेहा दीदी, मैं चाहती हूँ कि मैं भी आगे पढ़ूँ। लेकिन घरवाले खेत के काम का बहाना बनाकर मना कर देते हैं।"

नेहा उसकी ओर बढ़ी, उसका हाथ थामा और मुस्कुराते हुए बोली—

"अब तुम्हारे सपने सिर्फ़ तुम्हारे नहीं हैं, हम सबके हैं। जब पूरा गाँव साथ देगा, तो कोई भी दीवार तुम्हें रोक नहीं पाएगी।"

वह युवती रो पड़ी और धीरे-धीरे कई और महिलाएँ भी अपनी बातें कहने लगीं। यह कोई साधारण सभा नहीं रही, यह गाँव की आत्मा की आवाज़ बन चुकी थी। नेहा ने सबको चुप कराते हुए कहा—

"आज से हम सब मिलकर संकल्प लें। हर बच्ची पढ़ेगी। हर महिला अपना नाम लिखेगी। और हर घर में किताब की रोशनी होगी। क्या आप सब मेरा साथ देंगे?"

भीड़ से गूँजती आवाज़ आई—"हाँ, देंगे!"

नेहा ने हाथ उठाकर कहा "यह केवल वादा नहीं, यह हमारी ज़िम्मेदारी है। यह केवल शब्द नहीं, यह आने वाले कल की नींव है।"

सभा तालियों से गूँज उठी। उस शाम नेहा बच्चों

को लेकर नदी किनारे गई। ढलते सूरज की सुनहरी किरणें पानी में झिलमिला रही थीं। उसने बच्चों को आसमान की ओर देखने को कहा और बोली—

"यह आसमान जितना बड़ा है, उतने ही बड़े हमारे सपने होने चाहिए। याद रखना, अगर परिंदे उड़ सकते हैं तो हम भी उड़ सकते हैं। बस पंखों को पहचानना ज़रूरी है।"

बच्चों ने उत्साह से कहा—"हम उड़ेंगे, दीदी!"

नेहा की आँखें चमक उठीं। वह जानती थी कि यह केवल बच्चों की आवाज़ नहीं है, यह भविष्य की घोषणा है। रात को जब नेहा अपने कमरे में लौटी, उसने दीपक जलाया। हवा से टिमटिमाती लौ को देखकर वह सोचने लगी—

"क्या सच में यह लौ इतनी नाज़ुक है? नहीं। यह लौ छोटी ज़रूर है, पर अंधकार को हराने के लिए काफी है। और जब कई दीये जलेंगे, तो पूरा गाँव रोशन हो जाएगा।" उसने फिर डायरी खोली और लिखा—

"सपनों को जलते रहने दो, भले ही आँधियाँ आएँ।

संकल्प की जड़ें गहरी हों,

तो कोई तूफ़ान डिगा न पाए। आज की रात केवल रात नहीं, यह कल की सुबह की तैयारी है।"

डायरी बंद करते समय नेहा के चेहरे पर संतोष था।

वह जानती थी कि अब उसका रास्ता कठिन होगा, लेकिन अकेला नहीं। उसके साथ पूरा गाँव, उसके साथ हर वह बच्ची और हर वह माँ होगी, जो इस संकल्प में उसका हाथ थाम चुकी थी।

उसने आँखें मूँद लीं और मन ही मन कहा—
“अब हर सुबह नई होगी। और यह गाँव अब केवल खेतों से नहीं, शिक्षा और आत्मनिर्भरता से पहचाना जायेगा |

•••

१६ : अनसुनी चीखें

रात के सन्नाटे में गाँव हमेशा की तरह गहरी नींद में डूबा हुआ था। लेकिन उस रात नेहा की आँखों में नींद नहीं थी। उसके मन में बार-बार वही दृश्य घूम रहा था—किरण की मासूम आँखें और उसका वह वाक्य—"दीदी, एक दिन मैं भी दिल्ली जाऊँगी।" नेहा को लग रहा था कि उसके भीतर कोई नई ज्योति जल उठी है। पर उसी रोशनी के बीच कहीं दूर अंधेरा भी छिपा बैठा था, और वह अंधेरा अगले ही दिनों में सामने आया। गाँव के बाहर बसी एक बस्ती थी, जिसे लोग अक्सर "झोपड़पट्टी" कहकर अनदेखा कर देते। वहाँ मजदूर परिवार रहते, जिनके बच्चे सुबह से शाम तक ईंटें ढोते, पत्थर तोड़ते या खेतों में मज़दूरी करते। पढ़ाई वहाँ सपना भी नहीं थी। कई बार नेहा ने चाहा था कि उन बच्चों तक पहुँचे, पर हमेशा किसी-न-किसी ने टाल दिया—"वे तो अस्थायी लोग हैं", "कल चले जाएँगे", "पढ़ाई उनका पेट नहीं भरेगी।"

लेकिन एक शाम जब नेहा शिक्षा केंद्र से लौट रही थी, उसने देखा कि आठ-नौ साल की एक बच्ची—राधा—गड्ढे में पड़ी ईंटें उठाकर अपने सिर पर रख रही थी। उसके नन्हें हाथ काँप रहे थे, पर मालिक चिल्ला रहा था—"जल्दी कर, वरना खाना नहीं मिलेगा।" वह दृश्य नेहा के दिल को झकझोर गया। उसने राधा को पास बुलाया, पर बच्ची डरकर भाग गई। उसी पल नेहा ने तय किया कि अब वह इन अनसुनी चीखों को आवाज़ देगी।

अगली सुबह उसने शिक्षा केंद्र में महिलाओं और युवतियों से कहा—

"हम अब केवल अपनी बेटियों तक सीमित नहीं रह सकते। उन झोपड़पट्टी के बच्चों को भी हमारी ज़रूरत है। अगर हम सच में बदलाव लाना चाहते हैं, तो उन्हें भी शामिल करना होगा।"

कुछ देर तक सन्नाटा छाया रहा। फिर एक महिला बोली—

"पर नेहा, वो लोग तो अलग हैं... हम उनसे क्यों जुड़ें?"

नेहा ने गहरी साँस ली और उत्तर दिया—
"अलग कौन है? भूख तो सबकी एक-सी होती है। आँसू सबके नमक जैसे ही होते हैं। और सपनों को कोई जात, कोई दीवार बाँध नहीं सकती।"

उसकी आवाज़ में ऐसा कंपन था कि सब चुप हो गए। उसी शाम कुछ महिलाएँ उसके साथ झोपड़पट्टी की ओर चल पड़ीं।

वहाँ का नज़ारा गाँव से बिल्कुल अलग था। मिट्टी की झोपड़ियाँ, टूटी हुई छप्पर, गंदगी से भरे नाले और बच्चों की उदास आँखें। जैसे ही नेहा और उसकी टोली वहाँ पहुँची, औरतें घबराकर दरवाज़ों पर खड़ी हो गईं। पुरुषों ने शक भरी निगाहों से देखा।

नेहा ने धीरे से कहा—
"हम आपके बच्चों को पढ़ाना चाहते हैं। बस थोड़ी-सी रोशनी बाँटना चाहते हैं।"

लेकिन जवाब आया—
"पढ़ाई से पेट नहीं भरता, बहन। हमें रोटी चाहिए, किताबें नहीं।"

नेहा समझ गई कि यहाँ सबसे बड़ी चुनौती भूख है। उसने उसी रात शिक्षा केंद्र में एक बैठक बुलाई और योजना बनाई—अब यहाँ शाम का भोजन और शिक्षा दोनों साथ मिलेंगे। औरतों ने अपने घर से थोड़ा-थोड़ा अनाज लाना शुरू किया। कोई दाल लाती, कोई आटा, कोई सब्जी। युवतियाँ खाना पकाने में हाथ बँटातीं।

धीरे-धीरे झोपड़पट्टी के बच्चे शिक्षा केंद्र आने लगे। शुरुआत में वे झिझकते थे, पर जब समझे कि यहाँ कोई डाँटने वाला नहीं, बल्कि सुनने वाला है, तो उनकी आँखों में चमक लौट आई।

"जहाँ रोटी ही सपना हो, वहाँ किताब बोझ लगती है, पर जब दोनों हाथों में हों—कौर भी और शब्द भी,तब सपनों की भूख असली तृप्ति देती है।"

लेकिन बदलाव आसान नहीं था। गाँव के कुछ लोग फिर से विरोध में खड़े हो गए।

"नेहा अब मजदूरों को हमारे बराबर बैठा रही है।"

"कल को ये लोग ज़्यादा हो गए तो हमारी बेटियाँ कहाँ जाएँगी?"

नेहा ने बिना डरे जवाब दिया—

"सपनों का आसमान बाँटने से छोटा नहीं होता। यह सबका है, और हर बच्चे को इसका हक़ है।"

धीरे-धीरे ये आवाज़ें कमजोर पड़ने लगीं, क्योंकि महिलाएँ और लड़कियाँ अब खुलकर नेहा के साथ खड़ी थीं।

एक शाम शिक्षा केंद्र में एक अद्भुत दृश्य देखने को मिला। गाँव की बेटियाँ और झोपड़पट्टी की बच्चियाँ एक ही पंक्ति में बैठीं, साथ गा रही थीं—

"हम लिखेंगे, हम पढ़ेंगे,
अंधेरे को पीछे छोड़ेंगे।"

उनके स्वर में इतनी मासूम ताक़त थी कि सुनने वालों की आँखें भर आईं।

"चीखें जब शब्दों में बदलती हैं,
तो दुनिया तक गूंज जाती हैं।
और जब मासूम हँसी उनमें घुलती है,
तो पत्थर दिल भी पिघल जाते हैं।"

कुछ महीनों बाद जब सरकारी अधिकारी निरीक्षण करने आए, तो उन्होंने देखा कि शिक्षा केंद्र में अब केवल गाँव की बेटियाँ नहीं, बल्कि मजदूरों की बच्चियाँ भी पढ़ रही हैं। उनके होठों पर वही आत्मविश्वास था, जो कभी नेहा की आँखों में पहली बार चमका था।

अधिकारी ने चकित होकर कहा—

“यह तो एक नई परंपरा है। आपने असंभव को संभव बना दिया।”

नेहा मुस्कराई, पर उसके दिल में पता था कि यह बस शुरुआत है।

उस रात जब सब सो गए, नेहा अकेली बैठकर डायरी में लिख रही थी

“आज मैंने पहली बार देखा,
कि भूख और किताबें एक-दूसरे की दुश्मन नहीं,
बल्कि साथी हैं।
रोटी से जिस्म जीता है,

पर ज्ञान से आत्मा।
और आत्मा का उजाला ही
सच्चा भविष्य है।"

उसकी आँखों में आँसू थे, पर वह आँसू हार के नहीं, बल्कि जीत के थे। क्योंकि अब उन अनसुनी चीखों को आवाज़ मिल चुकी थी।

•••

१७: उड़ान का अमर गीत

गाँव की उस मिट्टी से आती खुशबू अब पहले जैसी नहीं रही थी। कभी यही मिट्टी कदमों को रोकती थी, दीवारें खड़ी करती थी, पर आज यही मिट्टी नए रास्ते बना रही थी। नेहा शिक्षा केंद्र के सामने खड़ी थी। सामने वही पुरानी दीवारें थीं, जिन पर कभी धूल जमी रहती थी, पर आज उन पर रंग-बिरंगे हाथों के निशान थे | छोटे-छोटे बच्चों के, जिन पर लिखा था — "हम भी उड़ेंगे।" सूरज ढल रहा था। आसमान के रंग जैसे उसके जीवन के हर अध्याय को समेट रहे थे — पीला, लाल, सुनहरा और अंत में गहरा नीला। नेहा ने अपनी पुरानी डायरी खोली और आख़िरी पन्ना पलटा। लिखने के लिए कागज़ खाली था, पर उसकी आँखों में सैकड़ों कहानियाँ भरी थीं। भीड़ में से आवाज़ आई — "दीदी, अब आगे क्या?" नेहा मुस्कराई और बोली — "आगे? आगे अब मैं नहीं, तुम सब हो। मैंने जो लिखा, वह मेरी कहानी थी। अब यह कहानी तुम्हारी होनी चाहिए।"

वह धीरे-धीरे मंच पर गई और सबके सामने डायरी रख दी। "यह मेरी नहीं रही। अब यह गाँव की है। इसमें हर बच्ची अपना सपना लिखेगी, हर माँ अपना संकल्प लिखेगी, और हर युवक अपना विश्वास। ताकि आने वाली पीढ़ियाँ पढ़ें और जानें — कभी इस गाँव में एक बेटी थी, जिसने डर को हराया और सपनों को उड़ाया।" कुछ क्षण के लिए पूरा मैदान मौन हो गया। फिर तालियों की गूँज ने उस मौन को तोड़ दिया। बच्चों की आँखों में चमक थी, औरतों की आँखों में आँसू थे, और बुज़ुर्गों की आँखों में गर्व।

"अब पंख मेरे नहीं रहे,
ये तो समाज की धड़कन हैं।
जहाँ सपनों की चिंगारी जले,
वहीं से उड़ान जन्म ले।"

सभा खत्म हुई, पर लोग अभी तक वहीं खड़े थे। तभी नन्ही किरण आगे आई। उसकी आँखों में वही चमक थी, जो कभी नेहा की आँखों में थी। उसने धीरे से कहा —

"दीदी, आपकी उड़ान कभी ख़त्म नहीं होगी। यह हम सबके दिलों में रहेगी। मैं भी दिल्ली जाऊँगी, और एक दिन कहूँगी — मेरी पहली टीचर नेहा दीदी थीं।" नेहा ने उसका हाथ थामा और कहा — "किरण, तुम्हारी उड़ान मुझसे भी ऊँची होगी। क्योंकि अब तुम्हें रोकने वाली दुनिया नहीं, तुम्हें संभालने वाली दुनिया खड़ी है।" उस पल नेहा को लगा, उसकी सारी थकान मिट गई। उसका सपना पूरा हुआ — क्योंकि उड़ान अब उसके नाम की नहीं, एक आंदोलन की बन चुकी थी। उस रात गाँव के आँगन में सबने मिलकर एक दीप जलाया। कोई बोला — "यह दीप नेहा की उड़ान का प्रतीक है। इसे बुझने मत देना।" और सचमुच, वह दीप कभी न बुझा। हर साल उसी दिन गाँव की बच्चियाँ और महिलाएँ एक नया दीप जलातीं और डायरी में अपना सपना लिखतीं। धीरे-धीरे यह परंपरा पूरे जिले, फिर प्रदेश और फिर देश में फैल गई।

"दीप से दीप जलता रहा,
अंधेरा पीछे हटता रहा।
एक बेटी की उड़ान थी,
जो पीढ़ियों तक बहता रहा।"

गाँव के चौपाल में एक नीम का पौधा लगाया गया, जिसे सबने नाम दिया — "उड़ान का वृक्ष।" हर बच्ची उस पर रंगीन पत्तियाँ बाँधती, जिन पर उसका सपना लिखा होता। नेहा ने कहा — "जब यह वृक्ष बड़ा होगा, इसकी छाँव में आने वाली पीढ़ियाँ बैठेंगी और अपने सपनों को पंख देंगी।"

सभा समाप्त होने के बाद नेहा अकेली शिक्षा केंद्र से बाहर निकली। नीम के उसी पेड़ के नीचे बैठ गई, जहाँ बचपन में बैठकर आकाश को निहारा करती थी। हवा ठंडी थी, मिट्टी की खुशबू उसके भीतर तक उतर रही थी।

अचानक उसे लगा जैसे कोई परिचित हाथ उसके कंधे पर रखा गया हो। उसने धीरे-धीरे आँखें खोलीं — सामने माँ खड़ी थीं। वही

वही मुस्कान, वही आँखों की चमक, वही आँचल, जिसमें उसने बचपन से सपने सँभाले थे। नेहा की आँखों से आँसू बह निकले — “माँ...! तुम यहाँ?” माँ मुस्कराईं और बोलीं — “बेटी, मैं तो हमेशा तेरे साथ थी। जब तू अकेली लड़ रही थी, तब तेरी हिम्मत मैं ही थी। जब तू लिख रही थी, तो तेरी कलम में मेरी दुआ बह रही थी। और आज... जब पूरा गाँव रोशनी से भर गया है, तो यह सिर्फ़ तेरी उड़ान नहीं, हमारी उड़ान है।” नेहा ने काँपते हाथों से माँ का हाथ थामा और कहा — “माँ, लोग कहते हैं कि मैंने यह सब किया... पर सच्चाई यह है कि अगर तुम न होतीं, तो मैं कभी उड़ ही नहीं पाती।” माँ की आँखें भर आईं। उन्होंने नेहा के माथे पर हाथ रखा और कहा — “याद रखना बेटी, एक माँ का सपना कभी उसके साथ खत्म नहीं होता। वह अपनी बेटी की उड़ान में जीवित रहता है। आज मैं नहीं, तू ही हर माँ की आवाज़ है।” और जैसे ही नेहा ने पलटकर देखा, माँ का रूप हवा में विलीन हो गया। लेकिन उसके आँचल की महक वहीं रह गई।

उस रात नेहा ने डायरी में आख़िरी कविता लिखी

“माँ आँचल थी — मैंने उसे पंख बनाया,
माँ आँसू थी — मैंने उसे दीप बनाया।
वो दूर नहीं, हर साँस में संग है,
मेरे शब्दों की गूँज में उसका रंग है।
मैं नेहा नहीं, हर माँ का सपना हूँ,
मैं उड़ान नहीं, माँ का अटूट अपना हूँ।”

कई साल बाद वही किरण, अब युवती बन चुकी थी। दिल्ली के मंच पर खड़ी होकर उसने कहा

“आज मैं डॉक्टर बनने जा रही हूँ। पर मेरी पहली टीचर गाँव की नेहा दीदी थीं, जिन्होंने मुझे सिखाया कि सपनों को कोई दीवार नहीं रोक सकती।”

सारा सभागार खड़ा हो गया। तालियों की गूँज ने आसमान तक को भर दिया। मंच के पीछे लिखा था —

"जहाँ सोच उड़ती है, वहीं समाज चलता है।"

"जहाँ सपनों को पंख मिलते हैं,
वहीं भविष्य जन्म लेता है।
जहाँ बेटियाँ सिर उठाती हैं,
वहीं समाज ऊँचा होता है।
मैंने उड़ान ली थी,
पर अब यह मेरी नहीं रही।
यह हर दिल की धड़कन है,
हर माँ की विरासत है।
मैं ख़त्म नहीं हुई,
मैं गीत बनी हूँ।
और यह गीत,
पीढ़ियों तक गूंजेगा।"

और इस तरह उड़ान सिर्फ़ एक कहानी नहीं रही, बल्कि एक अमर आंदोलन और अमर गीत बन गई।

•••

“विश्वास की दिशा”

कुछ शब्द रह जाते हैं अधूरे,
कुछ आँसू रह जाते हैं पन्नों में छुपे।
पर हर बेटी की उड़ान,
कभी अधूरी नहीं होती।

नेहा की कहानी ख़त्म नहीं,
वो हर उस लड़की की स्मृति है
जो अब भी आईने में अपने पंख खोजती है।

यह किताब जब बंद होगी,
तो आख़िरी पन्ना मौन नहीं रहेगा।
वो फुसफुसाकर कहेगा –
“उड़ान की कोई मंज़िल नहीं होती,
सिर्फ़ दिशा होती है।”

और जब पाठक इस सफ़र को याद करेंगे,
तो पाएँगे –
यह सिर्फ़ नेहा की नहीं,
हर उस बेटी की कहानी है
जिसने विश्वास को थामा
और उड़ान को अपनी स्मृति बना लिया।

धन्यवाद....

इस यात्रा में मेरे साथ चलने वाले हर पाठक, मित्र और परिवारजन को मेरा हार्दिक धन्यवाद। आपके विश्वास और प्रेम ने ही इस पुस्तक को आकार दिया। आपकी प्रेरणा और समर्थन के बिना "उड़ान: सपनों से विश्वास तक" का यह सफर संभव नहीं हो पाता।

आपके शब्दों का सहारा, आपके प्रोत्साहन और आपका प्रेम – यही मेरे लिए सबसे बड़ा पुरस्कार है।

–लेखिका.प्रेरणा संगीता रमाकांत कुलथे

लेखिका. प्रेरणा संगीता रमाकांत कुलथे

www.ingramcontent.com/pod-product-compliance
Lightning Source LLC
LaVergne TN
LVHW070248220926
848482LV00035B/655
9798900541372